KB0529O5

바다의 얼굴들

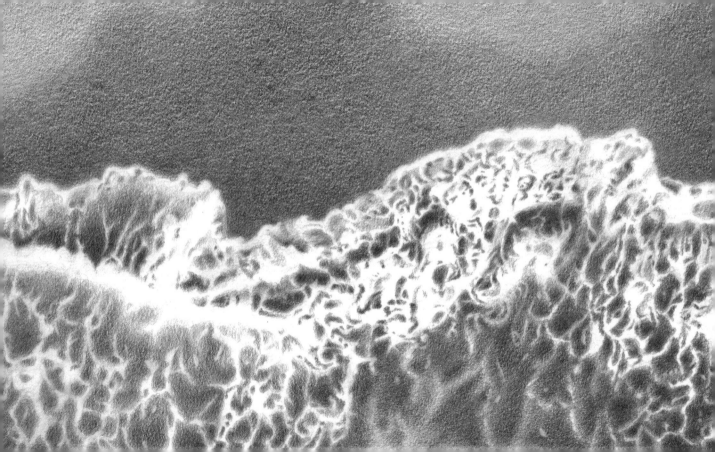

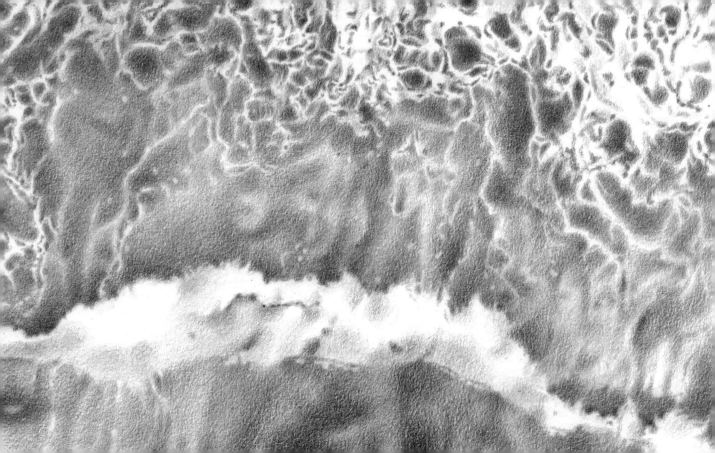

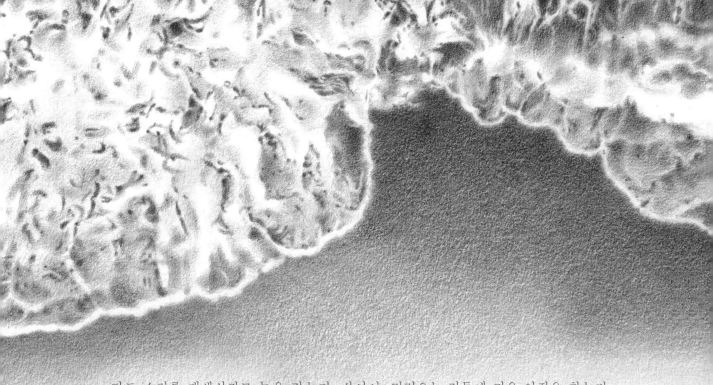

파도 소리를 재생시키고 눈을 감는다. 쏴아아, 밀려오는 리듬에 겨우 안정을 찾는다.

미끄러지듯 꿈으로 건너가면
그곳은 한때 너와 나의 집이었던,
지금은 허물어진 그곳이다.

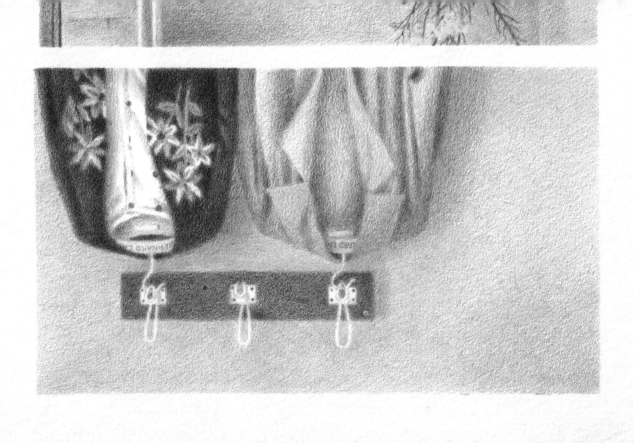

환하게 햇살이 고여 있는 거실을 가로질러
옷방 문을 열면 내가 자주 입던
청록색 니트 카디건과 풀색 재킷이 걸려 있다.


안방의 책꽂이에는 내가 아끼던 그림책과 앨범들이,
책상 위에는 붓과 물감들이 가지런히 놓여 있다.

나는 커다란 여행 가방을 열고
차곡차곡 내가 그 집에 두고 온 물건들을 챙겨 넣는다.
어떤 것은 온전히 내 것인지 확신이 생기지 않아
물건을 들었다 놓기도 하고,
이미 가방 안에 넣었던 것을 다시 빼기도 한다.

그곳에 대단히 중요한 물건들을 두고 온 것도 아닌데
나는 무언가 아주 소중한 것을 두고 온 사람처럼 반복해서 같은 꿈을 꾼다.

나는 상상한다.

그 작은 바닷가 마을을
도망치듯 떠나는 것이 아니라

한 걸음 한 걸음
다정히 작별 인사를 건네는 나를.

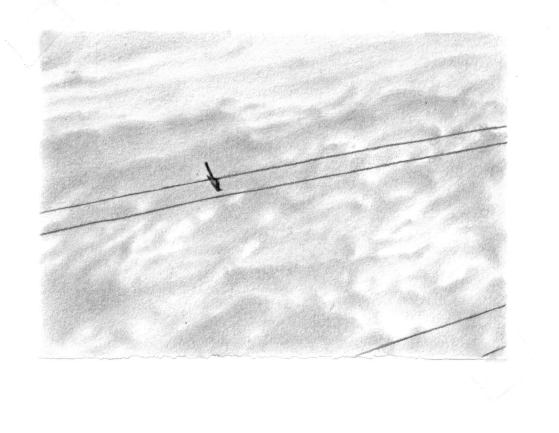

ST
ST x II.E

그 집은 여름에는 덥고
겨울에는 추운 지독한 곳이었다.
하지만 우리는 그곳에서
나름의 온도를 만들며 살아갔다.

밥을 지어 먹고
청소를 하고 그림을 그리는
지극히 평범한 날들이었지만.

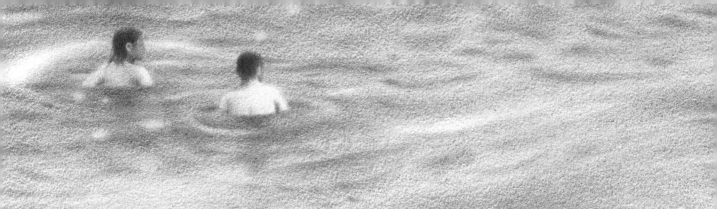

집에서 10분 남짓 걸으면 작은 해변이 나온다.
바로 옆에 큰 해수욕장이 있지만
우리는 늘 사람들이 잘 찾지 않는 작은 해변으로 가곤 했다.
여름이면 아무 옷이나 걸치고 슬리퍼를 신고
슬슬 걸어서 바닷속으로 뛰어드는 일이 중요한 하루 일과였다.

수영도 잘하지 못하면서
얕은 물 위에 떠 있거나
제멋대로 헤엄을 치며 놀았다.

해가 떨어지면
모래에 누워 지는 해를 구경했다.

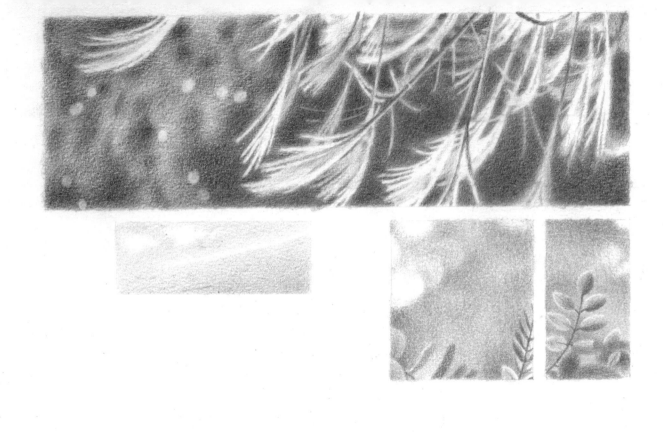

그러다 보면
하루가 금세 지나갔다.

그렇게 하루가,

한 계절이
책장을 넘기듯 지나갔다.

근방에 이야기를 나눌
다른 친구라고는 한 명도 없었던 나는,
종종 지나가는 누구라도 붙잡고
무슨 말이라도 하고 싶을 정도로
외로웠다.

그럴 때면 바다를 찾았다.
만만히 갈 곳은 바다뿐이었다.
하지만 바다를 오래 바라보고 있으면,
그 깊이와 넓이를 가늠할 수 없어
두려워지곤 했다.

알 수 없는 바닷속처럼
나는 종종 너의 마음을 알 수가 없었다.

한없이 다정한 한낮의 잔물결 같다가도
수평선을 헤아릴 수 없을 정도로
캄캄한 밤바다가 되어 버렸다.

그러나 나는 네가 파도처럼 밀려가더라도
다시 밀려올 것이라 믿었다.

그동안 그래 왔던 것처럼.

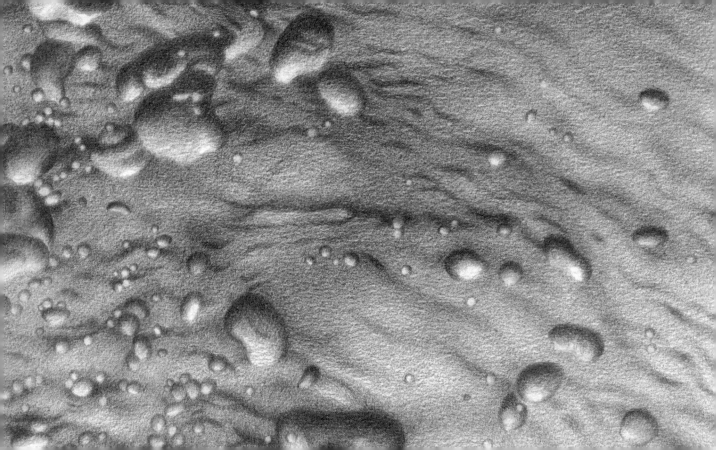

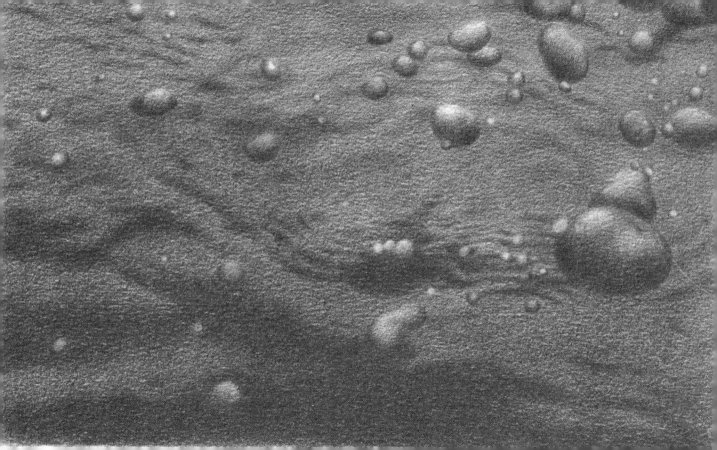

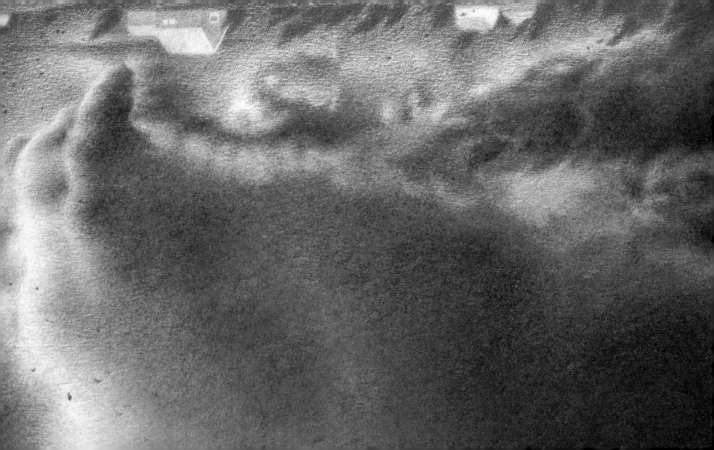

나의 믿음과는 상관없이 서서히 불어오던 바람은 태풍이 되어 우리를 덮쳐 왔다.
거센 바람에 몸을 잔뜩 웅크리고 너에게 구조 신호를 보냈지만 너는 응답이 없었다.

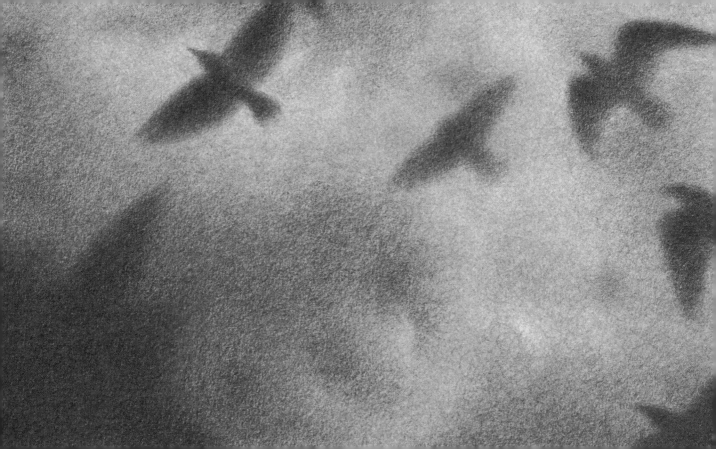

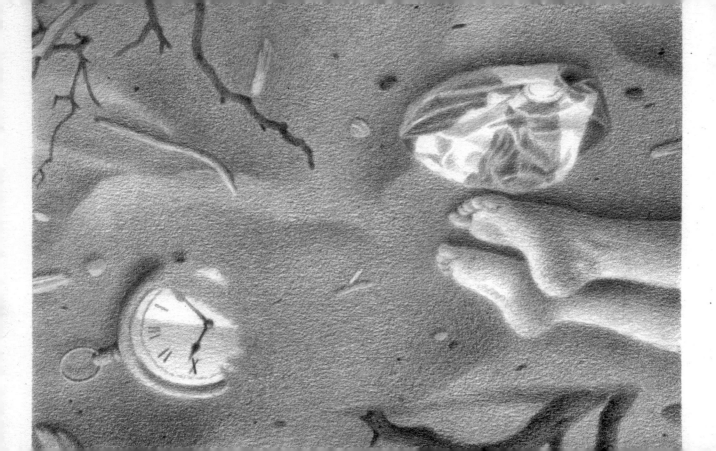

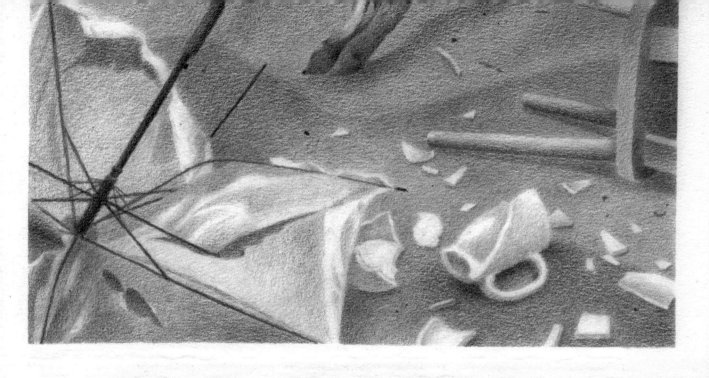

나는 이리 부서지고 저리 깎이며 한동안 거친 모래밭을 굴러다녔다.

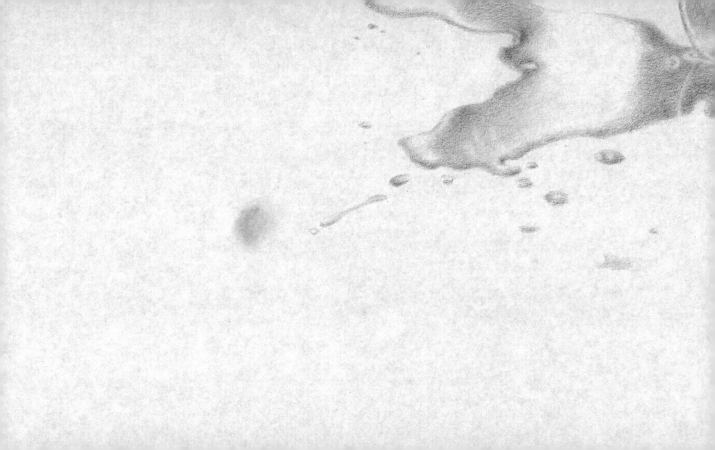

그리고 정신을 차려 보니
도망치듯 짐을 꾸려
빈틈없는 도시 한가운데에
와 있는 나를 발견했다.

도시는 내가 떠나오기 전과 같았다.

여전히 바빴고
여전히 무언가로 가득 차 있었다.

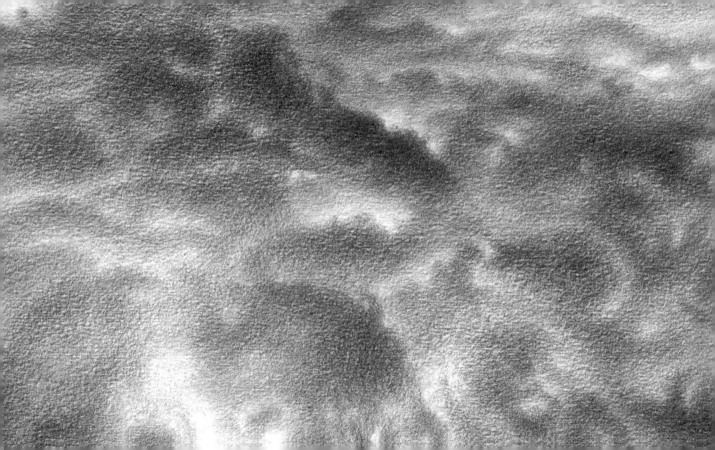

나는 두 발로 굳게 땅을 딛고 서 있다가 갑자기 한 발로 서게 된 사람처럼 작은 바람에도 휘청거렸다.

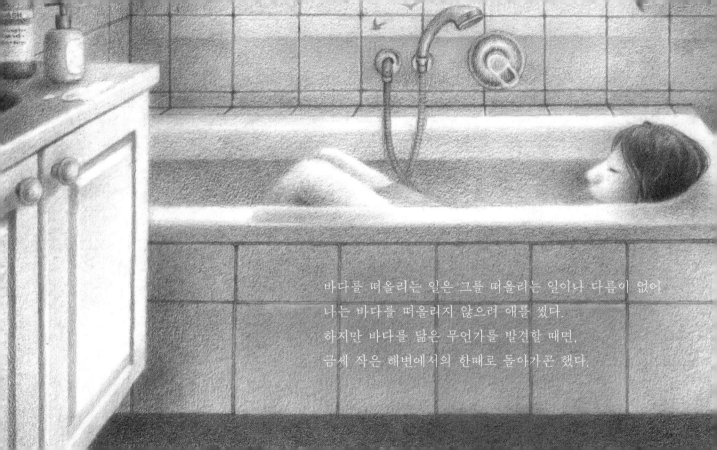

바다를 떠올리는 일은 그를 떠올리는 일이나 다름이 없어
나는 바다를 떠올리지 않으려 애를 썼다.
하지만 바다를 닮은 무언가를 발견할 때면,
금세 작은 해변에서의 한때로 돌아가곤 했다.

지하철 창을 통해 흐르는 강물의 표면을 바라볼 때,

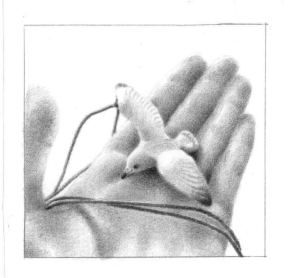

겨울 코트 주머니에서
구겨진 영수증과 함께
하얀 조개껍질이 나올 때.

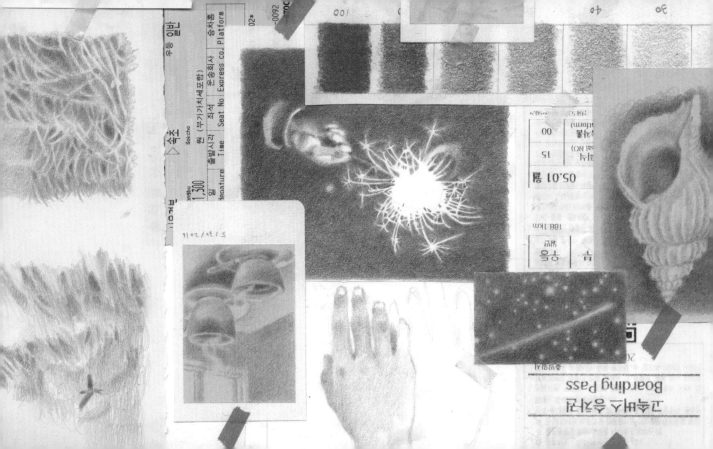

어떤 기억은
영영 잊히지도 않을 것이다.

그 소금기 가득한 시절을
떠올리며 문득 슬퍼질 테다.

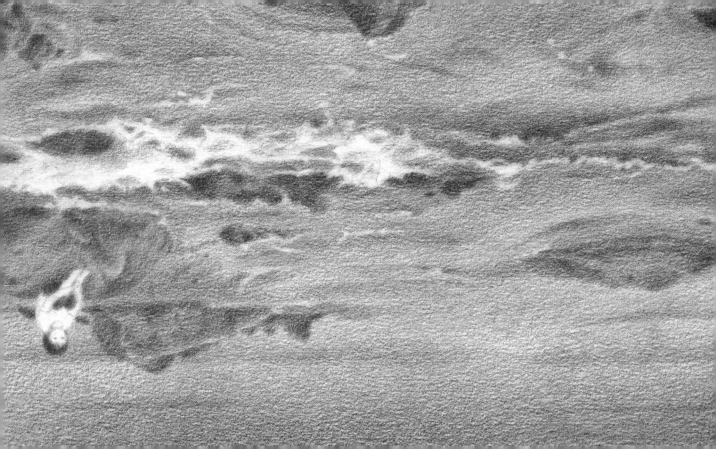

"시간이 지나면
그냥 다 괜찮아질 거라고 생각했어."
그가 마지막으로 했던 말이다.


"아니, 아무것도 하지 않으면
아무것도 변하지 않아."
나의 대답은 나 스스로 하는 다짐과도 같았다.

그 다짐처럼 무엇인가를 해야만 내 삶의 어느 것이라도 변할 수 있다면,
나는 나에게 새로운 바다를 만들어 주고 싶다는 생각이 들었다.

그 시절의 바다에,
햇볕이 잘 들던 집에,
함께했던 모든 계절에

그리고 그에게
다정히 작별 인사를 건네고.

여행 가방에 드로잉 북과 연필, 얇은 책 한 권,
잠옷과 클렌징 폼을 챙겨 넣는다.

모두 틀림없는 내 것들이다.

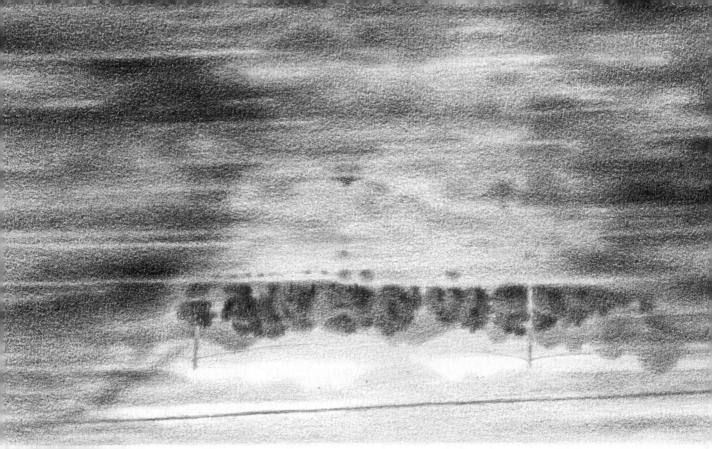

고속버스를 타고 동쪽으로 향한다. 걸어서 10분이면 가던
바다는 이제 차로 두 시간 반을 달려야 갈 수 있다.

무수히 많은 터널을 지나 버스 창밖으로 바다가 보인다.

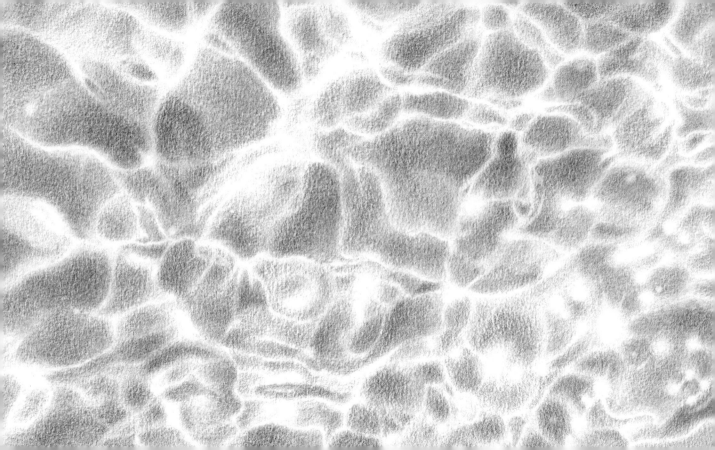

새삼 코끝이 찡하다.
살아 있는 파도 소리가 귓가를,
손가락 사이사이를 파고든다.

매 순간 다르게 일렁이며 빛나는 물결을
마치 처음 보는 사람처럼 바라본다.
나는 숨을 크게 들이쉬고 너의 곁에 앉아

네 얼굴을 그리고 또 그린다.

성난 얼굴.

온화한 얼굴.

반짝이는 얼굴 모두.

나는 그렇게 영영 바로 볼 수 없을 것만 같았던 바다를 마주한다.
영영 마주할 수 없을 것만 같았던 한 시절에 안녕을 고한다.

마음 가득 출렁이던 파도가 잠잠해진다.

## 김목요

바다가 그리워 자주 바다를 그린다.
서른이 넘어 그림책학교에서 처음 그림을 배웠다.
걱정이 많아서 그림만큼은 고요하고 평화로운 그림을 그리고 싶다.
연필이 나와 가장 닮은 재료라고 여기며, 열두 자루의 연필로 만든
〈바다의 얼굴들〉이 첫 그림책이다.

## 바다의 얼굴들

초판1쇄 발행일  2024년 03월 29일
초판2쇄 발행일  2024년 11월 01일

글·그림      김목요
펴낸곳       atnoon books
펴낸이       방준배
편집         정미진
디자인       소금까치
교정         엄재은

등록         2013년 08월 27일 제 2013-000257호
주소         서울시 마포구 연남로 30
홈페이지      www.atnoonbooks.net
유튜브        atnoonbooks0602
인스타그램     atnoonbooks
연락처        atnoonbooks@naver.com
FAX         0303-3440-8215
ISBN        979-11-88594-30-6 (03810)

정가 18,000원